A

SON ALTESSE SERENISSIME

MONSEIGNEUR LE PRINCE

DE CONTY.

MONSEIGNEUR,

La Piéce que j'ai l'honneur de présenter à VOTRE ALTESSE SERENISSIME, *est un Ouvrage posthûme de mon Pere, qui s'étoit prescrit une loi de reconnoiſſance de faire de tout ce qui lui appartenoit un hommage à votre Auguſte Maiſon ; c'eſt pour ce deſſein qu'il réſervoit Lyſimachus, qui devoit ſans doute avoir le même ſort que Marius, dédié à* S. A. S. MONSEIGNEUR LE PRINCE DE CONTY, *votre Illuſtre Pere : une mort prématurée lui enleva bien-tôt ce généreux Bienfaicteur. Ceux qui cultivent les Sciences & les beaux Arts n'ont pas eu le tems de regretter ce Protecteur éclairé ; il s'eſt bien-tôt trouvé remplacé par* V. A. S. MONSEIGNEUR, *qui, fortifiée par les exemples vivans de l'Auguſte Princeſſe dont elle tient le jour, a fait voir que les Princes de votre illuſtre Sang, ont le privilége glorieux d'hériter du Goût, comme ils ſont de la Valeur : on ſçait que* V. A. S. *ne ſe diſtingue pas moins par les qualités propres à former un homme de Lettre, que par celles qui caractériſent un Héros. Je n'entreprens point,* MONSEIGNEUR, *votre éloge, il eſt gravé dans le cœur des François ; & tout ce que mon zéle pourroit m'inſpirer de plus vif & de plus frappant, ſeroit fort au-deſſous des ſentimens que vos Vertus y ont fait naître.*

Je ſerai trop payé de la foible part que j'ai en cet Ouvrage, ſi V. A. S. *veut bien en agréer l'hommage comme un effet du zéle le plus vif, le plus ſin-*

LYSIMACHUS.

TRAGEDIE,

Par Mr. DE CAUX DE MONTLEBERT.

Représentée pour la premiére fois le 13. Décembre 1737.

Le prix est de trente sols.

A PARIS,

Chez LE BRETON, Quai des Augustins, au coin de la ruë Gist-le-Coeur, à la Fortune.

M. DCC. XXXVIII.

AVEC APPROBATION ET PRIVILEGE DU ROI.

cere, & le plus respectüeux : ce zéle m'a été transmis par mon Pere; & c'est l'héritage le plus précieux que j'en aye reçû.

J'ai l'honneur d'être avec un très-profond respect,

MONSEIGNEUR,

DE VOTRE ALTESSE SERENISSIME,

Le très-humble & très-obéissant
Serviteur,

DE CAUX DE MONTLEBERT.

ACTEURS.

LYSIMACHUS, Mr. FIERVILLE.
CASSANDER, Mr. LE GRAND.
PERDICCAS, Mr. SARRAZIN.
} Capitaines d'Alexandre.

AGATOCLE, Fils de Lysimachus, crû Philippe, Fils d'Alexandre. Mr. DUBOIS.

ARSINOE', Femme de Lysimachus. Mlle. DUMESNIL.

EURIDICE, Fille de Lysimachus. Mlle. CONELLE.

SE'LINE, Confidente d'Euridice. Mlle. DESBROSSES.

Un Confident de Lysimachus. Mr. LA THORILLIERE.

La Scene est à Babylone, dans le Palais des Rois de cette Ville.

LYSIMACHUS.

TRAGEDIE.

ACTE PREMIER.

SCENE I.

LYSIMACHUS, EURIDICE, SELINE.

LYSIMACHUS.

Enfin, loin de ces Murs la Discorde est bannie ;
Ma Fille, par mes soins, l'Armée est réunie :
Au Trône d'Alexandre on va placer un Roi :
Cassander, Perdiccas, le nomment avec moi.
Euridice, songez que par ce nouveau Titre,
Lysimachus, du Monde, est devenu l'Arbitre ;
Et que ce grand pouvoir dont je suis revêtu,
Jette plus d'un Rival, à mes pieds abattu.
Tant de braves Guerriers, dont la valeur rapide
A porté les Exploits plus loin que ceux d'Alcide,
Et qui bravant partout mille périls divers,
Ont, au plus grand des Rois, asservi l'Univers,

Tout fléchit devant nous ; & la Terre étonnée
Regarde entre trois Chefs flotter sa Destinée.
Babilone, attentive à cet auguste choix,
Déja croit voir son Prince en chacun de nous trois ;
Et pense que l'honneur de lui donner un Maître
Ne doit point le céder à la gloire de l'être.

EURIDICE.

J'aime à voir en vos mains briller ce grand Pouvoir,
Seigneur ; mais par ce choix le camp fait son devoir.
Sans doute il se souvient qu'Alexandre, en mon Pere,
Trouvoit un Ami tendre, & de plus un Beau-Frere ;
Et que lorsqu'il lui faut nommer un Successeur,
Vos droits sont appuyés sur l'Hymen de sa Soeur.

LYSIMACHUS.

Cet Hymen m'est utile, autant qu'il fut illustre.
Le Nom d'Arsinoé, sur moi, jette un grand Lustre ;
Des Chefs & des Soldats m'attire les respects,
Et me rend dans le Camp le plus puissant des Grecs.
D'une telle faveur je dois beaucoup attendre,
Et vous sçaurez tantôt ce que j'ose prétendre.
Mais d'un Point important je veux être éclairci.
Apprenez le sujet qui nous rassemble ici.
Je vous aime, Euridice ; & cette ardeur si pure,
Que pour vous dans mon coeur imprima la Nature,
Ne cherche qu'à vous faire un glorieux Destin.
Vous voyez quel pouvoir est tombé dans ma main :
Mais vous ne sçavez pas que ce Pouvoir suprême,
Si je l'ai recherché, ce n'est que pour vous-même ;
Et que le choix d'un Roi ne peut m'intéresser
Que pour vous mettre au Trône où je vais le placer.

Mes vœux ſont de vous faire un illuſtre Mémoire ;
De vous porter moi-même au faîte de la gloire,
D'attirer, des Mortels, tous les regards ſur vous ;
Et de voir l'Univers tomber à vos genoux.
Le Ciel, avec mes vœux, ſemble d'intelligence,
Puiſqu'il m'a confié cette haute puiſſance :
Et ſi, vous oubliant, j'en avois diſpoſé,
Il me reprocheroit d'en avoir abuſé.
Ainſi tout ſuit l'eſpoir où mon cœur s'abandonne.
C'eſt à vous de choiſir la main qui vous couronne.
C'eſt à vous, Euridice, à montrer à mes yeux
Sur qui doit s'arrêter un choix ſi glorieux.
Philippe eſt jeune, aimable ; il eſt fils d'Alexandre :
De ſes Vertus, un jour, nous devons tout attendre :
Et ſi j'en crois un bruit juſqu'à moi parvenu,
Pour vous, depuis long-tems, ſon cœur eſt prévenu.
Je prétends par vos yeux lire au fond de ſon ame.
Parlez ; vous aime-t'il ? Approuvez-vous ſa flâme ?
Ne me déguiſez rien ; & croyez qu'aujourd'hui,
Suivant ſes ſentimens, je vais agir pour lui.
Je ne ſçai par quel charme il a trop ſçû me plaire :
Déja je ſens pour lui la tendreſſe d'un Pere ;
Et je ſerois, ma Fille, au comble de mes vœux,
Si ſur le Trône, un jour, je vous voyois tous deux.

EURIDICE.

Seigneur, il m'eſt bien doux d'apprendre de vous-même
Que vous me chériſſez autant que je vous aime.
Toute cette grandeur que vous me promettez,
Vaut bien moins à mes yeux qu'un trait de vos bontez.
Mais que puis-je répondre au deſir qui vous preſſe ?
Ma gloire, mon devoir, mon Sexe, ma jeuneſſe,

Une austere vertu dont mon cœur suit les loix ;
Seigneur, tout asservit mes vœux à votre choix :
Et toujours un Epoux sera sûr de me plaire,
Dès que je le tiendrai de la main de mon Pere.
Cependant, s'il est vrai qu'un doux pressentiment
Dans Philippe aujourd'hui vous montre mon Amant ;
Si mes foibles appas ont fait naître sa flâme ;
Ce jour doit l'engager à vous ouvrir son ame.
Croyez, par cet aveu, qu'il viendra mériter
Le Trône, où votre choix le peut faire monter.
Livré depuis long-tems à la douleur amére ;
Qu'au cœur d'un tendre Fils jette la mort d'un Pere,
Mes yeux, jusqu'à ce jour, dans les siens, n'ont pû voir
Que les soins d'un Héros rempli de son devoir.
Mais trop long-tems son Deuil attriste Babilone :
Il s'agit aujourd'hui de monter sur le Trône,
D'écarter un Rival, dont l'enfance & les Droits
Semblent trop soûtenus par la force des Loix.

LYSIMACHUS.

Les Droits de ce Rival sont moins forts qu'on ne pense ;
Et moi seul je pourrois soûtenir son enfance.
Ma fille, vous n'avez rien à craindre de lui,
Puisqu'à Philippe enfin je prête mon appui.

EURIDICE.

Ah ! Seigneur, je connois la Veuve d'Alexandre.
Roxanne, pour son fils, osera tout prétendre.
Philippe, on s'en souvient, sort d'un Hymen secret,
Que la Grèce jadis n'approuva qu'à regret.
Je vois ce qui soutient votre noble entreprise.
Vous trouverez l'Armée à vos ordres soumise.

Votre nom peut beaucoup : mais enfin dans ce choix
Caſſander, Perdiccas, comme vous, ont leurs voix.
Et qui ſçait ſi Roxanne, en intrigues fertile,
N'a pas dans leur eſprit un accès trop facile ?

LYSIMACHUS.

Par cette inquiétude, ah, que vous me charmez !
Ma fille, je le vois, vous craignez ; vous aimez.
Banniſſez vos frayeurs. Par l'ordre de l'Armée,
Roxanne, dans le Fort, vient d'être renfermée.
On ne la verra plus, pour l'intérêt d'un fils,
Porter dans notre Camp le tumulte & ſes cris.
Je dis plus. Caſſander, ſecondant mon envie,
Doit rapeller ici l'amitié qui nous lie.
De Roxanne, en ſes mains, on a remis le ſort.
Il peut tout dans la Ville ; il eſt Maître du Fort.
Et j'oſe me flatter qu'au choix que je veux faire,
Son pouvoir aujourd'hui ne ſera pas contraire.
Ainſi ne craignez point qu'un dangereux Rival
Oppoſe à mes deſſeins un obſtacle fatal.
Philippe régnera, ma fille, s'il vous aime,
Son bonheur ſeulement dépendra de lui-même.
Mais votre mere encor ne ſçait pas mon projet ;
Et ſa faveur peut tout pour en hâter l'effet.
Allez l'en informer. Adieu, ma fille : on ouvre.
Quelqu'un vient. C'eſt Philippe : il faut qu'il ſe découvre.

SCENE II.

LYSIMACHUS, AGATOCLE *sous le nom de Philippe.*

AGATOCLE.

SEIGNEUR, je ne viens point briguer auprès de vous
Le secours d'un Pouvoir qui vous fait cent jaloux.
Mon sort est en vos mains, je le sçai : mais j'espere
Trouver dans votre cœur la justice d'un Pere.
Du moins, si j'ose en croire un tendre sentiment,
Vous ne pouvez ici me la rendre autrement.
Vous sçavez trop quel droit me destine à l'Empire.
Si jusqu'à ce moment on l'a pû contredire,
Si le Camp, partagé sur le choix de son Roi,
A paru balancer entre mon Frere & moi,
Nous trouvons aujourd'hui d'équitables Arbitres.
Au poids de la raison on va peser nos Titres.

LYSIMACHUS.

N'en doutez point, Seigneur ; vos droits sont les plus forts;
A les rendre absolus, j'employerai mes efforts.
Et vous pouvez compter qu'aujourd'hui Babylone,
Si l'on suit mes avis, vous verra sur le Trône.
Oüi, je sens tant d'ardeur pour tous vos intérêts,
Qu'à peine un Fils pourroit me toucher de plus près.

AGATOCLE.

Après un tel aveu, je vous ouvre mon ame.
Je l'avoüerai, Seigneur, un noble orgueil m'enflâme.
Fils du plus grand des Rois, je marche sur ses pas.
La gloire de regner a pour moi mille appas.

Je sens tout le plaisir que l'on a sur la Terre
D'être, de l'Univers, & le Maître & le Pere;
De voir, à sa fortune, élever des Autels;
Et ses Sujets, en nombre, égaler les Mortels.
Mais malgré les attraits que m'offre cette idée,
D'une plus vive ardeur mon ame est possédée.
J'aime: & jusqu'à ce jour la Beauté que je sers,
N'a point appris de moi que je suis dans ses fers.
Un austére respect a captivé mon ame.
Je dis plus: j'ai pris soin de lui cacher ma flâme,
Dans l'espoir que bien-tôt, au Trône qui m'attend,
Je ferois un aveu d'un prix plus éclatant;
Et que Maître du Monde, ainsi que de moi-même,
Je serois digne d'elle, en lui disant que j'aime.
Cet heureux jour approche; & je puis me flatter
Qu'auprès d'elle mes feux vont bien-tôt éclater.
Vous daignerez souscrire à ce choix légitime,
Seigneur. Vous ne pouvez le combattre sans crime.
Et celle que j'adore, est trop chere à vos yeux,
Pour ne pas approuver un Hymen glorieux.
J'aime Euridice, enfin.

LYSIMACHUS.

Ma Fille?

AGATOCLE.

C'est peu dire.
Le soin de ma grandeur céde aux soins qu'elle inspire.
Je ne viens point ici surprendre votre foi.
J'adore votre Fille: elle est digne de moi.
A mes droits, aujourd'hui, si vous rendez justice,
J'en atteste les Dieux, je couronne Euridice.

LYSIMACHUS.

C'eſt de trop de faveurs nous combler en ce jour.
Ma Fille doit beaucoup à cet excès d'amour.
Ne craignez point, Seigneur, de la trouver ingratte.
L'honneur de votre choix, autant qu'elle, me flatte:
Et le Ciel m'eſt témoin que mes voeux les plus doux
Ne tendent qu'à vous voir aujourd'hui ſon Epoux.
Laiſſez-moi tout le ſoin de votre Deſtinée.
Vous régnerez, Seigneur; où, dans cette journée,
Prévenant par ces coups le Deſtin le plus beau,
La Parque nous mettra l'un ou l'autre au tombeau.

AGATOCLE.

Permettez donc, Seigneur, qu'aux yeux qui l'ont fait naître,
Dans ce même moment ma flâme oſe paroître.
Vous croyez qu'Euridice acceptera mes voeux.
Et l'on ne peut trop tôt commencer d'être heureux.

LYSIMACHUS.

Eh bien, de vos deſſeins informez Euridice.
Je conſens qu'avec vous elle s'en applaudiſſe:
Et peut-être l'Amour ſecondant votre choix,
Pour naître dans ſon coeur, n'attend plus que mes Loix.

SCENE III.

LYSIMACHUS *ſeul.*

EURIDICE eſt aimée! Et le Fils d'Alexandre
Pour elle aſpire au Trône où je le fais prétendre!
Je pourrai voir bien-tôt ma Fille au plus haut rang!
Quel éclat, quels honneurs vont illuſtrer mon ſang!

Maïs pour exécuter cette noble entreprise,
Il faut que de sa voix Cassander l'autorise.
De mes desseins encor je ne l'ai pas instruit.
Allons; il faut les voir.... On vient. J'entens du bruit.
C'est Perdiccas.

SCENE IV.

LYSIMACHUS, PERDICCAS.

PERDICCAS.

Enfin nous nous trouvons ensemble;
Seigneur, je suis charmé du soin qui nous rassemble.
Malgré l'indigne éclat des sentimens jaloux,
Que la mort d'Alexandre a jettés parmi nous;
Il faut que je l'avouë, une estime parfaite
Vous conserva toujours mon amitié secrette.
Resserons-en les nœuds. Soyons si bien unis,
Que tous nos longs débats aujourd'hui soient finis:
Que la Paix leur succéde; & que nos Capitaines
Sur nos seuls Ennemis tournent toutes leurs haines.
Le Camp demande un Roi, l'attend de notre choix.
Deux Rivaux seulement se disputent nos voix.
Mais il faut que l'un régne, & que l'autre obéïsse.
Seigneur, pesons leurs droits au poids de la justice.

LYSIMACHUS.

Je pourrois m'expliquer sans crainte & sans soupçon,
Et vous dire un dessein qu'approuve la raison:
Mais, Seigneur, un moment je dois encor le taire.
C'est devant Cassander qu'il faut qu'on délibére.
Il nous attend; allons le trouver.

PERDICCAS.

Non, Seigneur;
Il faut auparavant m'ouvrir tout votre cœur:
J'ai, pour vous en preſſer, une raiſon puiſſante.
Expliquez-vous. Daignez répondre à mon attente:
Et croyez que ſurtout je ſouhaite ardemment
D'être en droit de ſouſcrire à votre ſentiment.

LYSIMACHUS.

J'ignore les deſſeins de votre politique:
Mais puiſque vous voulez qu'avec vous je m'explique,
Seigneur, dût votre avis être contraire au mien,
Je vais vous contenter, ſans examiner rien.
Entre deux grands Rivaux notre choix ſe partage:
Chacun de ſon côté montre quelque avantage.
Ils peuvent tour-à-tour concilier nos voix:
Mais ſi l'on veut de près examiner leurs droits,
Peut-être on trouvera que le Fils de Roxane....

PERDICCAS.

Quoi? Nous obéïrions au fils d'une Perſane?
Les Vainqueurs des Vaincus, voudroient prendre des Loix?
Le ſang de nos Captifs nous donneroit des Rois?
Et la Perſe n'auroit ſuccombé ſous la Grèce,
Que pour ſe voir un jour, de l'Univers, Maîtreſſe?
Rempliſſons mieux, Seigneur, l'attente des Humains.
Puiſque le ſort du Monde eſt remis en nos mains,
Songeons à faire un Roi, qui, digne d'Alexandre,
Se montre à l'Univers tel qu'on le doit attendre,
Et qui, de ce grand Nom, ne recherche les droits,
Que pour faire regner la Juſtice & les Loix;

Un Roi, digne de l'être, & qui puiſſe lui-même
Soûtenir ſur ſon front le poids du Diadême;
Imprimer du reſpect à nos fiers Ennemis;
Gouverner tant d'Etats qu'Alexandre a ſoûmis;
Retenir à-propos, ou lancer le Tonnerre;
Et du bruit de ſon Nom remplir toute la Terre.
Seigneur, tel eſt Philippe. En lui ſeul, nous voyons
Des Vertus pour répondre à tant de Nations.
Son Pere commença de régner à ſon âge:
Le Perſan ſubjugué fut ſon apprentiſſage;
Il pourſuivit ſa courſe; & bien-tôt, ſous nos loix,
L'Univers étonné vit tomber tous ſes Rois.
Il n'eſt plus, ce Héros. La triſte Babylone,
En lui tendant les bras, l'a vû tomber du Trône.
Tous ces Ambaſſadeurs, que ſembloit attirer
Des plus lointains Climats le ſoin de l'admirer,
Témoins de notre perte, iront dire à leurs Princes,
Qu'ils peuvent ſans péril reprendre leurs Provinces:
Et ſi nous n'oppoſons à leurs coups qu'un Enfant,
Leur bras peut, à ſon tour, devenir triomphant.
Prévenons cette honte, & ce malheur extrême.
Choiſiſſons, comme eût fait Alexandre lui-même.
Et pour mieux prendre ici l'eſprit de ce Héros,
Un moment, entre nous, peſons ſes derniers mots.
Lorſque prêt d'expirer aux yeux de ſon Armée,
Lui-même, il raſſuroit ſa conſtance allarmée,
Seigneur, il m'en ſouvient, je vis couler vos pleurs;
Mais bien-tôt ſurmontant l'excès de vos douleurs,

» Puiſque nous vous perdons par un malheur inſigne,
» Seigneur, qui doit régner après vous? » Le plus digne;

Vous dit-il, animé d'un généreux transport,
Qui l'immortalisoit dans les bras de la mort.

LYSIMACHUS.

Je vois par ces raisons qu'étale votre zéle,
Que Philippe, dans vous, trouve un ami fidéle.
Mais, Seigneur, songez-vous que tous les Grecs entr'eux,
De l'Hymen dont il sort, condamnérent les noeuds;
Que le rang inégal de Séléne sa Mere
N'eut point droit de prétendre à la foi de son Pere?
Séléne, il m'en souvient, sensible à ce malheur,
En lui donnant le jour, expira de douleur.
De ce Prince aussi-tôt on plaignit l'innocence:
Ma femme Arsinoé prit soin de son enfance;
Et de tant de Vertus, par elle, il fut orné,
Que son front, sans rougir, peut se voir couronné.
Mais, Seigneur, il s'agit d'une exacte justice.
Il faut que notre main examine & choisisse.
Et le Fils de Roxane a peut-être des Droits
Plus sûrs & plus constant, pour fixer notre choix.
N'allez point, de son âge, alléguer la foiblesse.
S'il régne, nos Conseils formeront sa jeunesse.
Nous serons à son Trône un redoutable appui.
Nous l'instruirons à vaincre, en combattant pour lui.
Si ces fiers Habitans des confins de la Terre,
Méprisant son Berceau, lui déclarent la guerre,
Nous les informerons par un bras triomphant,
Qu'un Roi chéri des siens n'est jamais un Enfant.

PERDICCAS.

En vain, par ces raisons, vous croyez me surprendre.
Tant de Chefs, rarement sont portés à s'entendre.

Agités tour-à-tour de mille passions :
L'Etat est, sous leurs Loix, plein de divisions.
Toujours un sentiment se trouve à l'autre en bute;
L'imprudence décide, & la haine exécute;
La force impunément opprime l'équité;
Le Sceptre, avec les Loix, perd son autorité :
Et l'Empire des Dieux, enfin, le Ciel, peut-être,
Seroit mal gouverné, s'il avoit plus d'un Maître.

LYSIMACHUS.

Mais si Philippe monte au Trône de nos Rois,
Croyez-vous que l'Armée obéïsse à ses Loix?

PERDICCAS.

Qui l'en empêcheroit? La gloire de son Pere
Illustre assez le sang de Séléne sa Mere.
Elle étoit Grecque, enfin : cette seule grandeur,
Chez nous, des plus grands Rois, vaut toute la splendeur.

LYSIMACHUS.

Je céde à vos raisons, Seigneur; & je veux croire
Qu'un tel choix, quelque jour, nous comblera de gloire.
Informons Cassander de nos intentions.

PERDICCAS.

Il n'approuvera point nos résolutions.
De funestes complots, Seigneur, je le soupçonne :
Et, peut-être, lui-même aspire à la Couronne.
Renversons ses projets : unis de sentimens,
Faisons naître entre nous des liens plus charmans :
Que votre Fille......

LYSIMACHUS.

Quoi, vous l'aimez?

PERDICCAS.

Je l'adore:

Et ſon Hymen pourroit......

LYSIMACHUS.

Votre flâme l'honore,

Mais ce jour, à nos ſoins, offre d'autres objets.
Caſſander eſt ſuſpect; pénétrons ſes projets.
Et pour régler l'Hymen, qui flatte votre attente,
Faiſons un Roi, Seigneur, afin qu'il y conſente.

Fin du premier Acte.

ACTE SECOND.

SCENE I.

ARSINOE', AGATOCLE.

AGATOCLE.

ENFIN, il n'eſt plus tems de vous faire un myſtere
Des plus juſtes tranſports, du feu le plus ſincere,
Madame, à mes deſſeins tout ſemble conſpirer.
Lyſimachus, pour moi, vient de ſe déclarer;
Il approuve mon choix: Euridice elle-même
Reçoit avec mon cœur l'offre du Diadême.
Cet Hymen manque ſeul à mes proſpérités:
Et je deviens heureux, ſi vous y conſentez.

ARSINOE'.

Arſinoé, pour vous, a cette amitié pure,
Ces nobles ſentimens que donne la Nature,
Prince; & vous joüirez de tout votre bonheur,
Dès qu'il n'y manquera que l'aveu de mon cœur.
Mais mon amour pour vous, auſſi prudent que tendre,
Croit avoir, de vos feux, votre gloire à défendre.
M'en croirez-vous, Seigneur? Montrez-nous aujourd'hui
Qu'Alexandre eut en vous un Fils digne de lui.
Montez, montez au Trône; & d'un œil plus tranquile,
Voyez ſi votre choix, à l'Etat, eſt utile.

AGATOCLE.

Hé ! Puis-je jamais faire un choix plus glorieux ?
Un choix, qui réünit le ſang de nos Ayeux.
Au nom de mon amour, preſſez cet Hymenée.
Euridice, avec moi, doit être couronnée.
Je veux que l'Univers, en entrant ſous ma Loi,
Rende hommage à ſa Reine, auſſi-tôt qu'à ſon Roi.

ARSINOE'.

Mais, Seigneur, ſongez-vous que par cette conduite
A d'étranges périls votre gloire eſt réduite ?
On croira que l'amour fut utile à vos droits,
Et que de mon Epoux vous achetez la voix.
Vous ſçavez à quel point votre gloire m'eſt chere.
Dès vos plus jeunes ans je vous ſervis de Mere.
C'eſt moi, qui, juſqu'ici, par mes complots ſecrets,
Ai diviſé nos Grecs pour vos ſeuls intérêts.
Tant que j'ai craint pour vous le Parti de Roxane,
J'ai nourri des débats, qu'à-préſent je condamne.
J'entretenois nos Chefs dans leur diſſention ;
Et j'apréhendois tout de leur réünion.
Mais enfin ma prudence a diſſipé l'orage ;
Tout eſt calme, & bien-tôt j'acheve mon ouvrage.
Il faut pour votre Hymen choiſir un autre tems,
Et remplir votre eſprit de ſoins plus importants.
Tournez tous vos regards vers la grandeur ſuprême ;
Et montrez des Vertus dignes du Diadême.

AGATOCLE.

Un Roi peut-il donc mieux ſignaler ſa grandeur,
Madame, qu'en offrant & ſon Sceptre & ſon cœur

Au mérite éclatant qu'on voit dans Euridice ?
Vous-même, à mon ardeur, rendez plus de juſtice.
Couronner la Vertu qui fait naître nos feux,
Dans leur plus pur amour, c'eſt imiter les Dieux.

ARSINOE'.

Déſabuſez-vous, Prince ; un obſtacle invincible
Rend mon amé, à jamais, à vos vœux inflexible.

AGATOCLE.

Et quel obſtacle, ô Ciel ! s'oppoſe à mon bonheur ?
La mort, la ſeule mort éteindra mon ardeur.
Plus de Trône pour moi, plus de Grandeur ſuprême,
Si je ne les partage avec l'objet que j'aime.
Pour cet illuſtre choix les Chefs vont s'aſſembler.
De tout votre couroux dûſſiez-vous m'accabler,
Je vais......

ARSINOE'.

Eh bien, Seigneur, c'eſt trop long-tems me taire.
Il faut vous découvrir un important myſtére.

AGATOCLE.

Qu'entends-je ? Expliquez-vous.

ARSINOE'.

Non ; ne me preſſez point.
Je ne puis qu'à regret m'expliquer ſur ce Point.
Souffrez, pour mieux agir, que mon amour ſe cache ;
A ſuivre mes conſeils, que votre cœur s'attache.
Pour apprendre un ſecret qui n'eſt ſçû que de moi,
Attendez le moment qu'on vous ait nommé Roi.

AGATOCLE.

Ah ! tirez mon eſprit de cette inquiétude.
Quel malheur eſt égal à cette incertitude ?
Au nom de ces genoux que je tiens embraſſés,
Au nom de votre amour, & de mes ſoins paſſés,
Ne me déguiſez point toute ma deſtinée :
Le Ciel condamne-t'il un ſi juſte Hymenée ?
Parlez ; de quelques traits qu'il me frappe aujourd'hui,
Je recevrai ſes coups, ſans me plaindre de lui.

ARSINOE'.

Cet effort de vertu m'attendrit, me raſſure.
Je céde aux mouvemens qu'imprime la Nature.
D'un trouble ſéducteur tous mes ſens ſont ſurpris,
Et mon ſecret m'échappe..... Agatocle !..... Ah, mon Fils !

AGATOCLE.

Votre Fils ! je ſerois le frere d'Euridice ?

ARSINOE'.

Vous l'êtes. Ce n'eſt point un bizarre caprice
Qui m'a fait juſqu'ici déguiſer votre ſort.
Pour ſe taire, mon cœur s'eſt fait plus d'un effort :
Et rien ne m'eût forcé de rompre le ſilence,
S'il eût pû s'accorder avec votre innocence,
Et ſi je n'euſſe craint l'amour impétueux
Qui vous porte à former des nœuds inceſtueux.

AGATOCLE.

Quoi, je ſuis votre Fils ? Hé ! qui peut donc, Madame,
A cette feinte, ô Ciel ! avoir porté votre ame ?

ARSINOE'.

Vos yeux, à la Lumiére, à peine étoient ouverts,
Que je formai pour vous mille projets divers;
Et d'un ſoin dévorant ſans relâche preſſée,
Votre ſeule grandeur occupoit ma penſée.
Mais mon ambition, dans ces tems malheureux,
Ne pouvoit vous donner que de ſtériles vœux.
Un eſpoir plus heureux vint flatter mon attente.
Mon Frere, de Séléne, à ſes yeux trop charmante,
Eut un Fils, à peu près de même âge que vous;
Et contre Darius allant porter ſes coups,
Il me le confia dans un âge ſi tendre,
Qu'aiſément à vos traits on pouvoit ſe méprendre.
Il mourut: ſon trépas fit naître dans mon cœur
D'un projet glorieux le charme ſéducteur;
Et pour vous âſſurer ce rang que j'oſe attendre,
Je fis paſſer mon ſang pour le ſang d'Alexandre.
Le Ciel qui m'inſpiroit un ſi hardi deſſein,
Par ce déguiſement changea votre Deſtin.
Cependant par mes pleurs la Grèce fut ſéduite.
On vous crut mort, mon Fils: & par cette conduite,
Hors deux ſeuls Affranchis dévoüés à ma foi,
Que la Parque depuis enleva de chez moi,
Aucun Mortel inſtruit de ce myſtère étrange,
N'éclaira le moment de cet heureux échange.

AGATOCLE.

Quel aveu! juſte Ciel! qu'il déchire mon cœur!
Mais pourquoi me nourir d'une fatale erreur?
Pourquoi de mon Deſtin m'avoir fait myſtère?
Que ne déclariez-vous ma naiſſance à mon Pere?

ARSINOE'.

Hélas ! de ma frayeur, c'eſt ici le ſujet ;
Et peut-être l'écueil funeſte à mon projet.
Quand je fis cet échange, & que la Grèce entiére
Crût vos yeux pour toujours fermés à la lumiére,
Loin de moi, votre Pere, à la guerre occupé,
Avec tous ſes Soldats par ce bruit fut trompé.
Pour le déſabuſer d'une erreur ſi cruelle,
Il falloit confier le ſuccès de mon zéle.
Je craignis que pour vous on me manquât de foi,
Et gardai mon ſecret entre le Ciel & moi.
Vous viviez cependant ; votre aimable jeuneſſe,
Sous un Nom ſuppoſé, charmoit toute la Grèce.
Mon Frere, qui toujours voyoit en vous ſon Fils,
Me faiſoit, de mes ſoins, attendre un noble prix.
Que ne peut le deſir d'une ame impatiente !
C'eſt en vain que pour vous tout flattoit mon attente.
Je conſultai les Dieux ; & par ces triſtes mots,
Un Oracle cruel vint troubler mon repos.

ORACLE.

» Pourquoi, dans l'avenir, ô trop aveugle Mere,
» Viens-tu, de tes chagrins, chercher la ſource amére ?
» Tremble que ton ſecret ne ſoit ſçû d'un Epoux.
» Ton Fils ſera ſur l'heure immolé par ſon Pere ;
» Et le Trône peut ſeul le ravir à ſes coups.

AGATOCLE.

Ah Ciel !

ARSINOE'.

Voilà, mon Fils, la cauſe de vos larmes ;
Voilà depuis long-tems ce qui fait mes allarmes,

Et m'empêche en ce jour, encor plus que jamais,
D'éclaircir votre Pere.

AGATOCLE.

Inutiles Projets!
Les Dieux ne sçauroient trop accroître ma disgrace.
Je prétends avancer l'effet de leur menace.
Après ce que je perds, leur funeste bonté
Peut-elle me payer de ce qu'ils m'ont ôté?

ARSINOE'.

Ah! qu'entends-je? Immolez une coupable flâme.
Ce n'est plus une erreur; c'est un amour infâme:
La Nature en frémit; & peut-être, sur vous,
Il va, des Dieux vangeurs, attirer le courroux.
Il faut forcer le Ciel, dont la main vous opprime,
A vous justifier, ou vous punir sans crime.
N'en doutez point, mon Fils; s'il s'oppose à vos feux,
C'est pour placer au Trône un Prince vertueux.

AGATOCLE.

Non, non, Madame, non; cette affreuse lumiére
A détruit dans mon cœur mon espérance entiére:
Et la gloire & l'amour confondûs à la fois,
Chez moi, dans un instant ont perdu tous leurs droits.
Euridice est ma Sœur; je n'y dois plus prétendre;
Et le Trône n'est dû qu'au vrai sang d'Alexandre.

ARSINOE'.

Quoi? vous vous arrêtez à ces scrupules vains?
Mon Fils, méritez mieux l'Empire des Humains.
Quand un heureux hazard nous offre la Couronne,
On la prend, sans songer au Droit qui nous la donne.

C'eſt ſur le Trône aſſis, qu'un Roi doit conſulter
Tout le poids des raiſons qu'il eut pour y monter.
Je ſuis Sœur d'Alexandre, & je ſuis votre Mere;
Ce Titre ſeul exclut le Fils de l'Etrangere.
Mais je m'arrête trop. Vous m'avez arraché
Un ſecret qui devroit vous être encor caché.
Ménagez-le, mon Fils; ſurtout aux yeux d'un Pere:
Qu'Euridice elle-même ignore ce myſtère.
Perdiccas, comme vous, a puiſé dans ſes yeux
Ce qu'un parfait amour peut inſpirer de feux.
Sans ſçavoir le bonheur que le ſort lui réſerve,
Je pretends aujourd'hui que ce Héros vous ſerve;
La voici. Gardez-vous de la déſabuſer.
Et pour elle & pour vous, je vais tout diſpoſer.

SCENE II.

AGATOCLE, EURIDICE, SE'LINE.

EURIDICE.

SEIGNEUR, avez-vous ſçû que le Deſtin propice
S'aprête dans ces lieux à vous rendre juſtice?
Déja le Peuple, inſtruit que Caſſander, chez ſoi,
Raſſemble les trois Chefs qui vont élire un Roi,
De ce Palais auguſte aſſiége les iſſuës,
Et porte, par ſes cris, votre Nom juſqu'aux Nuës.
J'ai craint, je l'avouërai, qu'un Rival trop heureux
N'opposât à vos droits un Parti dangereux:
Mais parmi cette foule, une Brigue impuiſſante
Ne ſoûtient ce Rival que d'une voix tremblante:

Tout le reste est pour vous ; & j'ose présumer
Que le Camp, pour son Roi, va bien-tôt vous nommer.
Mais quoi ? Depuis le tems que vous m'avez quittée,
De quels ennuis votre ame est-elle inquiétée ?
Vous paroissez muet aux discours que je tiens !
Vos regards étonnés semblent craindre les miens !
Parlez, Prince ; est-ce moi qui cause votre peine ?
Dois-je croire qu'ici ma présence vous gêne ?
Vous soupirez ? Si près de recevoir ma foi,
Avez-vous des malheurs qui ne soient pas pour moi ?
Vous ne répondez point ! Que faut-il que je pense
De ce sombre chagrin qui s'obstine au silence ?
Tantôt, quand vos sermens ne pouvoient s'épuiser,
Par des discours trompeurs vouliez-vous m'abuser ?
Ha ! qu'on croit aisément ce que le coeur souhaite !
J'ai crû voir dans vos yeux l'ardeur la plus parfaite.
Mon Pere l'approuvoit. Je voyois en ce jour
Ses ordres confondus avec ceux de l'amour.

AGATOCLE.

Ah ! Madame......

EURIDICE.

Achevez.

AGATOCLE.

Je ne puis.

EURIDICE.

Quel mystère !
De grace, expliquez-vous.

AGATOCLE.

Vous m'êtes toujours chére,

Madame; vous devez le croire fur ma foi:
Et fi j'ai des chagrins, ils ne font que pour moi.
Cependant fi fur vous je garde quelque empire,
De mon trouble, à jamais, gardez-vous de rien dire.
Je voudrois, avec vous, plus long-tems m'arrêter.
Un puiffant interêt m'oblige à vous quitter.
Madame, au nom des Dieux, approuvez ma conduite:
Et dès qu'il fera tems, vous en ferez inftruite.
Adieu.

SCENE III.

EURIDICE, SE'LINE.

EURIDICE.

QUOI! me laiffer dans ce trifte embarras?
Quel deffein, loin de moi, précipite vos pas?
Mais, Séline, il me fuit! Dieux! que viens-je d'entendre?
Eft-ce là ce Héros, Fils du grand Alexandre?
Ce Prince, qui brûlant de la plus vive ardeur,
Entre la gloire & moi partageoit tout fon cœur,
Qui juroit?..... Quel eft donc cet indigne caprice?
Quoi? Se croit-il déja le Maître d'Euridice?
Et pour mieux affurer fes orgueilleux projets,
Met-il mon cœur au rang de fes premiers Sujets?

SE'LINE.

Madame, jugez mieux d'un Prince qui vous aime.
J'ai trop vû fon amour dans fa douleur extrême.
Ses regards, qui tantôt craintifs ou curieux,
Evitoient tour-à-tour, & recherchoient vos yeux,

Son trouble à votre abord, son respect, son silence,
Tout enfin, de ses feux prouve la violence:
Et s'il cache à vos yeux ses secrets déplaisirs,
De puissans intérêts combattent vos desirs.

EURIDICE.

Dis plûtôt que Philippe est un ingrat, un traître,
Qui n'aspire en ces lieux qu'à se voir notre Maître:
Et sans doute il n'a feint de m'aimer aujourd'hui,
Que pour monter au Trône, où je lui sers d'appui.
Par cet aveu trompeur il a séduit mon Pere:
Et le cruel encor m'ordonne de me taire?
D'une injure mortelle il fait rougir mon front,
Et voudroit que mon Pere ignorât cet affront?
Ah! plûtôt......

SE'LINE.

Mais enfin, s'il vouloit vous surprendre,
Madame, auroit-il dit ce que je viens d'entendre?
Il eût feint jusqu'au bout. Son projet médité,
Avec plus de mesure eût été concerté.
Ne le soupçonnez point d'un si lâche artifice.
Vous l'aimez. Rendez-vous à vous-même justice;
Et croyez qu'un grand cœur, par la gloire animé,
Ne se donne jamais, s'il n'est sûr d'être aimé.

EURIDICE.

Hé! que ne peux-tu mieux en convaincre mon ame?
Tes yeux, chere Séline, ont vû naître ma flâme.
Tu sçais, depuis le jour où ce fatal Vainqueur
Peut-être sans dessein triompha de mon coeur,
Combien j'ai souhaité que, sensible à ma gloire,
Il vînt justifier mon choix & sa victoire.

Il y vient, tu le vois ; mais dans l'inſtant fatal
Où le Trône lui fait redouter un Rival ;
Dans le même moment où l'appui de mon Pere,
Pour ſoûtenir ſes Droits, lui devient néceſſaire :
Et comme ſi ſon cœur craignoit d'y conſentir,
L'ingrat preſqu'auſſi-tôt ſemble s'en repentir.
Sans doute, il aime ailleurs. Dans ma jalouſe rage
Il faut, pour m'éclaircir, mettre tout en uſage.

SE'LINE.

Que dites-vous, Madame ? Et ſur quelles raiſons
Pouvez-vous appuyer ces étranges ſoupçons ?

EURIDICE.

Mais s'il aime, l'ingrat ! à qui rend-il les armes ?
La Sœur de Caſſander a-t'elle aſſez de charmes ?....
Cherchons cette Rivale. Employons tous nos ſoins....
Ils n'auront pû toujours ſe parler ſans témoins.
Allons. Philippe en vain croit tromper Euridice ;
Séline, je ſçaurai démêler l'artifice.
Le Perfide apprendra que s'il veut être Roi,
Plus qu'il ne le penſoit, il a beſoin de moi.

Fin du ſecond Acte.

ACTE TROISIEME.

SCENE I.

AGATOCLE *seul.*

A Quoi me résoudrai-je ? incertain dans mon ame
Si j'ai bien triomphé d'une coupable flâme,
Je parcours ce Palais. Et ma Mere & ma Sœur
Ne sont ici d'accord qu'à déchirer mon cœur.
Cet Empire d'ailleurs où j'aspirois pour elle,
Qui devenoit le prix d'une ardeur si fidelle,
Faut-il y renoncer ?..... Ah ! si tel est mon sort
Que je dois, ou régner, ou recevoir la mort,
Que la superbe Loi, qui du rang de son Pere
Semble exclure à jamais le Fils de l'Etrangere
M'offre, pour y monter, un légitime droit ;
Que l'Univers, en moi, reconnoisse son Roi.
S'il le faut, employons même jusqu'à la feinte.
Dieux ! vous m'en avez trop imposé la contrainte.
Allons : & que mon Pere ignore mon Destin,
Jusqu'à ce qu'on ait mis le Sceptre dans ma main.

SCENE II.

LYSIMACHUS, AGATOCLE.

AGATOCLE.

EH bien, Seigneur, puis-je être informé par vous-même
Si l'on va ceindre enfin mon front du Diadême ?
Ou ſi me diſputant le Pouvoir ſouverain......

LYSIMACHUS *lui donnant une Lettre.*

Liſez. De Caſſander vous connoiſſez la main ;

AGATOCLE *lit.*

» Si mes délais ont lieu de vous ſurprendre,
» Seigneur ; & ſi, malgré l'avis de Perdiccas,
» A faire un Roi, je n'ai pû condeſcendre,
» Sans ſçavoir mes raiſons, ne me condamnez pas.
» J'ai des ſecrets à vous apprendre,
» D'où nos Deſtins doivent dépendre.
» Surtout, ne précipitez rien ;
» Et daignez m'accorder un ſecret entretien.

CASSANDER.

Ainſi donc la Grandeur Souveraine,
Entre un Rival & moi, flotte encor incertaine ?

LYSIMACHUS.

Oui, Seigneur ; & ſçachant ce que vous méritez,
Je n'avois point prévû tant de difficultés.
Roxane peut beaucoup ; & contre mon attente,
Son Fils eſt ſoûtenu d'une Brigue puiſſante.

Ce n'eſt point pour vanter mon zéle ni ma voix ;
Mais, ſans moi, ce Rival triomphoit de vos droits.
Cependant quelqu'eſpoir qu'ait pû former ſa Mere,
Nous pouvons renverſer ce projet téméraire ;
Et ſi vous êtes prêt d'entrer dans mes deſſeins,
Je puis mettre à l'inſtant le Sceptre dans vos mains.

AGATOCLE.

Ah ! ce zéle ſi prompt à prendre ma défenſe,
Vous donne ſur mes vœux une entiére puiſſance.
Vous ranimez ici mon eſpoir le plus doux.
C'eſt un Pere, Seigneur, que je retrouve en vous.

LYSIMACHUS.

Je chéris cet aveu. Vous me rendez juſtice :
Mais il faut, dès ce jour, épouſer Euridice.

AGATOCLE.

L'épouſer !

LYSIMACHUS.

Qui peut donc rallentir votre ardeur ?
D'où vous vient tout-à-coup cette ſombre froideur ?
Vous avez ſouhaité l'Hymen que je propoſe.
De votre changement je ne puis voir la cauſe.
Vous aimiez Euridice !

AGATOCLE.

Et veux toujours l'aimer,
Autant que ſes vertus ont droit de me charmer.
Cependant, s'il vous faut expliquer ma ſurpriſe,
Comment peut cet Hymen hâter votre entrepriſe ?

LYSIMACHUS.

Tout le Camp le souhaite. En faveur de ce choix ;
Je prétends le porter à couronner vos Droits.

AGATOCLE.

Mais songez-vous, Seigneur, que l'Armée elle-même
Met aux mains de trois Chefs tout le Pouvoir suprême ;
Que c'est de Cassander, de vous, de Perdiccas,
Que l'on attend un choix pour finir nos débats.
Que Perdicas enfin, puisqu'il faut vous le dire,
Charmé de la Princesse, à son Hymen aspire ?
Voulez-vous qu'épousant ce qu'il aime, à ses yeux ;
Je porte dans son ame un dépit furieux ?
Que lorsque mon Destin, de lui seul, peut dépendre ;
J'aille frapper son cœur par l'endroit le plus tendre ?
Non, Seigneur ; la prudence en décide autrement.
Un ami si puissant veut du ménagement.
Cachons-lui nos desseins. Il ne doit les connoître
Que quand il sera tems de lui parler en Maître.

LYSIMACHUS.

Dieux ! c'est lui.

SCENE III.

LYSIMACHUS, PERDICCAS, AGATOCLE.

PERDICCAS *à Lysimachus.*

PUIS-JE ici vous le dire entre nous ?
Seigneur, j'ai quelque lieu de me plaindre de vous.

Quand flatté d'obtenir votre illustre suffrage,
Je vous ai dit ma flâme, & l'objet qui m'engage,
Vous deviez m'épargner la cruelle douleur
D'aller près d'Euridice apprendre mon malheur.

AGATOCLE.

Ciel! où tend ce discours?

LYSIMACHUS.

Qu'a-t'elle pû vous dire?

PERDICCAS.

Que son cœur prévenu pour un autre soupire.
La feinte est inutile; & c'est de votre aveu
Qu'aujourd'hui votre Fille allume un si beau feu.

à Agatocle.

Ah! Seigneur, quand charmé des vertus d'Euridice,
Je lui fis de mon cœur le noble sacrifice.
Je ne m'attendois pas dans ce moment fatal
Que le Fils de mon Roi dût être mon Rival.
Si je l'eusse prévû, contre de si doux charmes
Peut-être mon devoir m'auroit fourni des armes:
Mais je veux vous montrer par une juste Loi
Comment doit en user un homme tel que moi.
Je ne troublerai point une union si belle.
Epousez Euridice, & regnez avec elle.
Je l'aime, & vous la céde; & je veux en ce jour
Que l'amour la couronne aux dépens de l'amour.

AGATOCLE.

Quoi, Seigneur, vous voulez?.....

PERDICCAS.

En cédant Euridice,
Je sens ce que me coûte un si grand sacrifice;

Mais mon cœur en frémit, ſans en être abattu.
Regnez ; & qu'avec vous régne auſſi la vertu !
Ne vous informez point par quelle Loi ſévére
Vous avez pû me rendre à moi-même contraire.
Un Sujet eſt heureux, quoiqu'il coûte à ſon cœur ;
Quand il peut, de ſon Prince, aſſurer le bonheur.

LYSIMACHUS.

Je l'avoüerai, Seigneur ; cette grande Victoire,
A celle d'Alexandre égale votre gloire.
En faveur d'un Rival vous domptez votre amour.
Mais ſi ce Prince auſſi par un juſte retour......

PERDICCAS.

Non, Seigneur ; je n'ai fait que ce que j'ai dû faire.
Ma vertu, d'elle-même, attend tout ſon ſalaire.
Mais pour mieux aſſurer le Trône à ce Héros,
Je vais, de Caſſander, prévenir les Complots.
J'ai ſçû qu'Antigonus, Seleucus, Ptolomée,
Et quelques autres Chefs, tous puiſſans dans l'Armée ;
Pour un deſſein ſecret chez lui viennent d'entrer.
D'une vertu forcée il a beau ſe parer,
Mes yeux ont vû tantôt, au trouble qui l'agite,
Toutes les trahiſons que ſon orgueil médite.
Je m'emporte, Seigneur. J'ai peut-être oublié
Qu'une longue habitude avec vous l'a lié.
Mais s'il eſt votre ami, qu'il ſoit digne de l'être,
Et qu'il choiſiſſe enfin ce Prince pour ſon Maître.

AGATOCLE.

Seigneur, tant de vertu me ravit, me confond.
Du plus glorieux ſort la mienne vous répond :

Et je veux qu'en ce jour Euridice elle-même......
Je ne m'explique point. Mais ce Pouvoir ſuprême
Que je devrai bien-tôt à vos efforts heureux......
Je ne l'accepte enfin...... que pour combler vos voeux.

SCENE IV.

LYSIMACHUS *ſeul.*

L'AI-JE bien entendu ? Quel indigne artifice !
A ſon Rival, ô Ciel ! offre-t'il Euridice ?
Ainſi d'un autre objet ton cœur ſeroit épris !
Et ma Fille, pour toi, n'eſt pas d'aſſez haut prix !
Tu voulois me tromper par tes feintes careſſes ;
Et la ſoif de régner te dictoit tes promeſſes !
Ha ! que l'amour voit clair ſur tous ſes intérêts !
Vous avez pénétré dans ſes deſſeins ſecrets,
Ma Fille ; & ſans vos ſoins, par une erreur fatale,
Je faiſois avec lui régner votre Rivale.
Mais il eſt encor loin de nous donner des Loix.
Caſſander, je le ſçai, lui refuſe ſa voix ;
Et même contre lui forme un ſecret orage.
Je l'attens en ce lieu. Démêlons ſon ſuffrage.
Si, du Fils de Roxane, il prend les intérêts,
J'abandonne l'ingrat, pour ſuivre ſes projets.
Mais lui-même il paroît.

SCENE V.

LYSIMACHUS, CASSANDER.

CASSANDER.

M'EST-IL permis de croire,
Que, de notre amitié, conſervant la mémoire,
Vous voudrez m'accorder un moment d'entretien,
Seigneur, où votre cœur ſe montre tout au mien ?

LYSIMACHUS.

Oui, Seigneur, vous pouvez vous expliquer ſans crainte,
Et de votre diſcours bannir toute contrainte.

CASSANDER.

Je tremble à découvrir à vos yeux un projet,
Que j'aurois dû, ſans vous, achever en ſecret.
Philippe, de ſi près, tient à votre Famille....
L'Hymen, qui va, dit-on, l'unir à votre Fille.....
Le ſang, vos intérêts ; ce ſont là des raiſons
Qui devroient.....

LYSIMACHUS.

Banniſſez vos injuſtes ſoupçons.
Plus que vous ne penſez, le ſort réduit mon ame
A ſeconder les vœux dont la vôtre s'enflâme.
Non, n'appréhendez point de m'en voir éclairci.

CASSANDER.

Sçachez donc les deſſeins qui m'amenent ici.

Par quel caprice injuste, ennemis de nous-mêmes,
Voulons-nous renoncer à tant de Diadêmes ?
Alexandre doit tout à nos bras triomphans.
N'est-ce pas nous, Seigneur, qui sommes ses Enfans ?
Qu'ont fait, pour conquerir tant de vastes Provinces,
Le Nom & les Exploits de ces deux foibles Princes,
Dont l'un est au Berceau ; l'autre encor enyvré
Des folles passions où l'âge l'a livré ?
Faut-il que, pour l'un d'eux dépoüillant nos Conquêtes ;
Le fruit de nos travaux passe sur d'autres têtes ?
Non, Seigneur, trop d'Etats sont soûmis à nos Loix.
Pour une seule main, ce Sceptre a trop de poids.
Tant de pouvoir accable ; ou bien-tôt fait éclorre
Mille Monstres d'orgueil que l'Univers abhorre.
Nous l'avons éprouvé ; modeste auparavant,
Alexandre écouta ce charme décevant :
Bien-tôt, de sa grandeur oubliant le principe,
Il ne voulût plus voir son Pere dans Philippe.
Par quelles cruautez ce Prince furieux
Vengea-t'il le refus d'un Encens odieux ?
Son courroux, si funeste à ses Chefs les plus braves,
Distingua-t'il jamais ses Amis des Esclaves ?
Que devint Philotas, Clitus, Parménion ?
Exposé par son ordre aux fureurs d'un Lion,
Vous-même alliez périr, si ce Monstre terrible
N'eût servi de Victime à ce bras invincible.
Et vous voulez qu'un Fils de ce superbe Roi
Suive un jour son exemple, & nous donne la Loi ?
Non, non : c'est trop souffrir Alexandre pour Maître.
Regnons. Et qu'il soit Dieu, puisqu'il a voulu l'être.

Cédons-lui cet honneur qui le rendit si vain.
Que sa postérité, partageant son Destin,
Et le suivant de près au séjour du Tonnerre,
Laisse aux Hommes le soin de gouverner la Terre.

LYSIMACHUS.

Votre dessein est grand, Seigneur; mais dangereux:
Le succès en peut être illustre, ou malheureux.
Cependant j'avoüerai qu'il peut avoir des charmes
Dignes de balancer les plus grandes allarmes.
Mais qui vous répondra que, soûmis à nos Loix,
Tant de Chefs, nos égaux, tous dignes d'être Rois,
Verront d'un oeil content nos Têtes couronnées
Des Palmes, qu'avec nous ils avoient moissonnées?

CASSANDER.

Séleucus, Ptolomée, Arsace, Antigonus,
De ce noble dessein, déja sont prévenus.
Si nous leur accordons quelque part à l'Empire,
Au dessein que je forme, ils sont prêts de souscrire.
En vain les autres Chefs refuseront leurs voix:
Nous sçaurons les contraindre à respecter nos Loix.
Ainsi, quand nous aurons calmé leur jalousie,
Nous pouvons partager & l'Europe & l'Asie.
Profitons de ce tems; l'occasion nous rit.
Je commande en ces Murs; le Camp vous obéit;
Rien ne nous fait obstacle.

LYSIMACHUS.

Ah! pouvez-vous le croire?
Ne comptez-vous pour rien ma vertu, votre gloire?
Que dira l'Univers, si, sans honneur, sans foi,
Nous trahissons ainsi les Fils de notre Roi;

Et si, les dépouillant de leur droit légitime,
Nous fondons, pour régner, nos Titres sur le crime?

CASSANDER.

Je le vois bien, Seigneur; prompt à vous allarmer,
Par de plus grands motifs il faut vous animer.
Sçachez donc que le Ciel, par d'éclatantes marques,
Vous destine une Place au rang des grands Monarques;
Que tant d'affreux dangers dont il vous a tiré,
Du sort qui vous attend, sont un gage assuré.
C'est peu d'avoir vaincû les Monstres de Lybie,
D'avoir traversé seul les Deserts d'Arabie,
D'avoir bravé la mort dans ces rudes climats
Qu'habitent seulement la neige & les frimats;
Rappellons, rappellons ce jour, où la Victoire
N'abandonna Porus que pour croître sa gloire,
Quand aux bords de l'Hydaspe Alexandre Vainqueur
Rencontra des périls dignes de son grand coeur.
Il pensa succomber dans ce combat terrible.
Sans vous, il y perdoit le titre d'invincible.
Vous couvrîtes son corps, tout prêt d'être percé;
Vous reçûtes le coup, en son sein adressé;
Votre sang ruisseloit, quand ce Prince lui-même,
Pour appareil, au front vous mit son Diadême;
Comme s'il eût voulû, par cet insigne honneur,
Vous céder, en mourant, sa suprême Grandeur.
Vous vivez: il n'est plus. Par quelle injuste crainte?...

LYSIMACHUS.

Vous portez à ma gloire une cruelle atteinte.
Dans le cœur des Mortels, fatale Ambition,
Que tu semes de feux & de confusion!

Je ſens que vos diſcours, trop puiſſans ſur mon ame,
Redoublent les tranſports de l'ardeur qui m'enflâme.
Je ſens qu'il faut vous fuir pour ſauver ma vertu.

SCENE VI.

CASSANDER *ſeul.*

JE vois, au trouble affreux dont il eſt combattu,
Qu'à ſuivre mes deſirs vainement il balance.
C'en eſt fait ; plus d'obſtacle, & plus de réſiſtance,
Contre les derniers coups que je veux lui porter.
Le ſeul nom de Philippe a ſçû le révolter ;
J'ai vû ſon cœur frémir. O Politique adroite,
Qui m'a fait découvrir leur rupture ſecrette,
Et ſaiſir un inſtant ſi propre à le changer !
J'ai des moyens certains pour le mieux engager,
Achever ſa défaite, & le porter lui-même
A vaincre dans ce jour la défiance extrême,
Qui, de tous mes deſſeins, éloigne Perdiccas.
Tous deux en vont bien-tôt ſuivre le doux appas.
Oui, déja je triomphe ; & le ſang d'Alexandre,
A l'Empire des Grecs n'a plus rien à prétendre.
Mais d'un hardi projet où la prudence agit,
La diligence encor doit aſſurer le fruit.
Cherchons Lyſimachus ; allons lui faire entendre,
Si nous voulons régner, quel ſang il faut répandre.

Fin du troiſiéme Acte.

ACTE QUATRIEME.

SCENE I.

ARSINOE', AGATOCLE.

AGATOCLE.

Madame, il faut parler; le péril est certain.
Mon Pere ne peut plus ignorer mon Destin.
Trop long-tems aveuglé par une erreur funeste,
Pour voir régner son sang, il médite l'Inceste:
En vain, pour résister à ses pressans efforts,
J'ai fait, de ma prudence, agir tous les ressorts.
Mes délais prétextés lui semblent une injure.
Lorsque je fuis l'Inceste, il me nomme Parjure.
Rien ne peut retarder le dessein qu'il a pris;
Il veut voir notre Hymen; le Trône est à ce prix.

ARSINOE'.

Je viens de le quitter; mon Fils, soyez tranquile:
A toutes mes raisons, je l'ai trouvé docile;
Son cœur, sur cet Hymen, n'est plus impatient,
Et j'ai sçû rassurer son esprit défiant.

AGATOCLE.

Mais qui vous répondra que, calme en apparence,
Il n'auroit pas déja médité sa vengeance?
Qui sçait à quel excès de haine & de fureur
Il peut être porté par son aveugle erreur?

Madame, faites-vous un effort ſalutaire.
Ne délibérons plus. Allons trouver mon Pere ;
Prévenons le danger ; découvrons-lui mon ſort.

ARSINOE'.

Hélas ! vous découvrir, c'eſt vous donner la mort.
Ne vous ſouvient-il plus de ce cruel Oracle ?.....

AGATOCLE.

Serons-nous retenus par un ſi foible obſtacle ?
Aux réponſes des Dieux, qui veut trop s'arrêter,
Souvent court au péril, en voulant l'éviter.
D'un Oracle confus, oublions la ménace ;
Que la raiſon l'écarte, & décide en ſa place :
Elle a ſur nos eſprits un droit ſi naturel.
La raiſon eſt pour l'Homme un Oracle éternel.

ARSINOE'.

Ah ! peut-on l'écouter, quand le Ciel eſt contraire ?
Non, je ne puis encor éclaircir votre Pere.
Je crains plus que jamais ce terrible moment.
Mon eſprit eſt frappé d'un noir preſſentiment.
Et puiſqu'il le faut dire, aux traits d'un ſonge horrible
J'ai vû, de vos malheurs, une image terrible.
J'étois ſeule, & rêvant au moyen le plus prompt
Qui du Bandeau royal pût orner votre front :
Une noire vapeur, ſur mes yeux deſcenduë,
S'empare tout-à-coup de mon ame éperduë.
Alexandre, mon Frere, à mes yeux s'eſt montré ;
Sa démarche étoit fiére, & ſon Port aſſuré.
Sa droite avoit le Fer, inſtrument de ſa gloire ;
Et ſa gauche, à ſon Sceptre, enchaînoit la Victoire.

Vous-même avez parû, conduit par mon Epoux.
Soudain, l'Ombre a fixé tous ses regards sur vous;
Et semblant indignée, aux mains de votre Pere
Elle a remis son Sceptre & son Fer tutelaire.
A l'aspect de ces dons, que sa main a reçûs,
J'ai vû long-tems flotter le fier Lysimachus;
Tantôt prêt de garder, tantôt prêt de vous rendre,
Et le Sceptre & le Fer qu'il tenoit d'Alexandre.
» Ah! peux-tu balancer, ai-je dit? c'est ton Fils;
» Et quand tu le crûs mort, ce fût un faux avis.
Votre Pere, à ces mots, garde un morne silence,
Doute, frémit, s'émeut, part, & vers vous s'élance:
Je crois qu'il va porter le Sceptre en votre main;
Et c'est le Fer, mon Fils, qu'il plonge en votre sein.

AGATOCLE.

Justes Dieux!

ARSINOE'.

J'ai pâli de ce coup effroyable.
Je courrois vous offrir une main secourable:
Mes yeux se sont ouverts, j'ai connû mon erreur;
Mais le songe, en fuyant, m'a laissé ma terreur.

AGATOCLE.

Le Ciel a donc rendû mon malheur nécessaire.
Le Trône m'offre seul un abri salutaire.
Si je me tais, je perds la suprême Grandeur:
Si je me fais connoître, on va percer mon coeur:
Et dès qu'à mon salut une voye est ouverte,
Je trouve au premier pas, ou l'Inceste, ou ma perte.

ARSINOE'.

D'un espoir plus heureux, remplissez votre cœur.
Perdiccas, je le sçai, charmé de votre Sœur,
Veut encor, de ses feux, vous faire un sacrifice:
Son amour est content, s'il peut voir Euridice,
A l'Empire du Monde, élevée avec vous:
Il fait, à cet Espoir, céder des soins plus doux.
C'est ainsi qu'un Héros, qu'un grand cœur, lorsqu'il aime,
Ne connoît de bonheur, dans sa tendresse extrême,
Que celui de l'objet qui le tient asservi;
Tous ses vœux sont comblés, s'il croit l'avoir servi.
Je vais donc l'engager..... mais je vois votre pere;
Vous ne sçauriez le fuir.

AGATOCLE.

O Ciel! que dois-je faire?

ARSINOE'.

Parlez-lui; mais feignez: ne vous découvrez pas.
C'est le dernier instant d'un si triste embarras.

SCENE II.

LYSIMACHUS, AGATOCLE.

LYSIMACHUS.

PRINCE, je vous cherchois. Il n'est plus tems de feindre.
Il faut vous expliquer, devant moi, sans rien craindre:
Et pour vous engager à ne me cacher rien;
Votre cœur, le premier, va lire dans le mien.

Quand Alexandre, prêt de céder à la Parque,
Fût contraint de quitter le haut rang de Monarque:
Par un indigne choix, craignant de l'avilir,
Il mourût, sans nommer qui devoit le remplir.
Le mérite en son cœur emporta la balance;
Et le plus digne, enfin, obtint la préférence.
Aussi-tôt, ennivrez d'un charme séducteur,
Ses Chefs ouvrent l'oreille à cet espoir flatteur.
Chacun d'eux, en son cœur, dévore la Couronne;
Et croit seul mériter les honneurs qu'elle donne.
J'arrêtai leur orgueil; pour réunir leurs voix,
Je vantai votre Nom, vos Vertus, & vos Droits.
Je vous fis des amis, dont la brigue puissante,
Contre un Rival naissant, appuya votre attente.
Mes soins, de tous côtés, éclaterent pour vous.
De ma Fille, en secret, je vous nommai l'époux.
Sans l'en faire avertir, & sans vous en instruire,
Par sa Mere, en ces lieux, je l'avois fait conduire.
Quand j'allois vous offrir le Sceptre avec sa main,
Vous m'avez prévenu dans ce noble dessein.
Je veux croire qu'ainsi l'ordonnoit votre gloire:
Mais un tel soin bien-tôt sort de votre mémoire.
On ne m'abuse point. Prince, songez-y bien.
Vous avez votre but; je puis avoir le mien.
Et puisque j'ai promis ici d'être sincére;
J'ai de l'ambition, & ma Fille m'est chére.
Son sort va dans l'instant régler votre destin.
C'est à vous de choisir si vous voulez enfin,
Rester Fils d'Alexandre, ou monter à l'Empire.
Voilà ce que j'avois, sur ce point, à vous dire.

AGATOCLE.

Mon choix n'eſt point douteux : étant ce que je ſuis ;
J'aime mieux en ſecret dévorer mes ennuis ;
Et quitter à jamais un eſpoir légitime,
Que d'acheter de vous le Trône par un crime.

LYSIMACHUS.

Et quel crime peut ſuivre un Hymen glorieux,
Que la raiſon conſeille, & qu'approuvent les Dieux ?

AGATOCLE.

Ah ! ſi le Ciel n'eſt point à mon bonheur contraire ;
Du moins, ſa voix encor veut que je le différe.
Mieux que vous, ſur ce point, je ſçai ſa volonté,
Et vous cache à regret la triſte vérité.

LYSIMACHUS.

En vain vous m'oppoſez un obſtacle frivole.
Les Dieux n'engagent point à manquer de parole :
Suivant vos intérêts, vous empruntez leur voix.
Je vais donc vous parler pour la derniere fois.
Vous aſpirez au Trône ! hé ! bien, pour y prétendre,
C'eſt un Titre aſſez vain qu'être Fils d'Alexandre.
Je vous avois ouvert les chemins les plus courts ;
Mais vos Droits ne ſont rien, privés de mon ſecours.

AGATOCLE.

J'entrevois vos deſſeins. Malgré votre colére,
Seigneur, examinez ce que vous allez faire.
N'attirez point ſur vous un déluge de maux.
Je vous ferois trembler, ſi je diſois deux mots.

Mais je ne puis encor rompre un cruel ſilence :
Votre propre intérêt vous porte à ma défence.
Gardez, à vos ſoupçons, de me ſacrifier.
C'eſt à votre cœur ſeul à me juſtifier.

SCENE III.

LYSIMACHUS *ſeul.*

D'Qu vient que je frémis? Et quelle voix ſecrette
Par un langage obſcur me trouble, & m'inquiette?
O toi, qui que tu ſois, trop confus mouvement,
Ceſſe de me rien dire, ou parle clairement.
Mais j'ouvre enfin les yeux; je reconnois le charme.
J'ai trop aimé l'ingrat; voilà ce qui m'allarme.
Pour le voir en ce jour ſur le Trône placé,
Mon cœur, à ce haut rang, ſans peine eût renoncé.
C'en eſt fait. Il le veut; pourſuivons l'entrepriſe.
Perdiccas va venir : il faut qu'il l'autoriſe.
Qu'à ce prix de ma Fille, il obtienne la main :
Que ce nœud..... le voici. Découvrons-nous.

SCENE IV.

LYSIMACHUS, PERDICCAS.

PERDICCAS.

ENFIN,
Seigneur, de votre choix, la nouvelle ſemée,
A déja réuni tous les vœux de l'Armée.

Le Camp veut voir Philippe ; &, soûmis à ses Loix ;
Reconnoître dans lui l'Héritier de nos Rois.
Prévenus qu'à ma voix se joint votre suffrage,
Les premiers de nos Chefs viennent lui rendre hommage :
Bien-tôt, dans ce Palais vous les verrez entrer.

LYSIMACHUS.

Notre choix ne doit pas encor se déclarer,
Seigneur ; & Cassander, à notre avis contraire,
Demande que d'un jour au moins on le différe.

PERDICCAS.

Et voilà ce qui doit vous faire ouvrir les yeux.
Cassander a formé des projets odieux.
J'en ai plus découvert que je n'ose vous dire.
Seigneur, son crime est sûr ; il en veut à l'Empire :
Et pour s'ouvrir au Trône un coupable chemin,
Lui-même, d'Alexandre, il hâta le Destin.
Ce bruit n'est plus douteux : & je prévois encore
Qu'il voudra se souiller d'un crime que j'abhorre.

LYSIMACHUS.

Seigneur, dans vos discours, songez à l'épargner.
Mais quand il seroit vrai qu'il aspire à régner,
Ce dessein, à vos yeux, est-il si condamnable ?
Partageant cet honneur, vous croiriez-vous coupable ?

PERDICCAS.

Dieux ! que proposez-vous ? Est-ce pour me tenter ?....
Mais, Seigneur, sur ma foi vous devez mieux compter.
Mon choix, vous le sçavez, tombe sur votre Gendre.
Avec vous, constamment je sçaurai le défendre.

Quoiqu'il faille, à ce Prince, immoler mon espoir,
Je n'ai point d'intérêt plus cher que mon devoir.

LYSIMACHUS.

Je vous vois à regret faire un tel sacrifice.
M'en croirez-vous, Seigneur? Epousez Euridice.
Je change de dessein: Philippe est un ingrat.
Songeons à faire un choix plus digne de l'Etat.
Et, puisque de l'Armée on nous fait les Arbitres,
De l'Empire, en nos mains, assurons-nous les Titres.
Tout doit vous engager dans ce noble projet.
Ma Fille en est le prix; le Trône en est l'objet.
Tout prêt à couronner cette grande entreprise,
La gloire vous l'ordonne, & l'amour l'autorise.

PERDICCAS.

Quentends-je? juste Ciel! est-ce donc vous, Seigneur?
Quel coupable intérêt a changé votre cœur?
Ah! je n'en doute plus; & les conseils d'un traître....
Mais du moins apprenez, Seigneur, à me connoître.
En vain vous vous flattez de corrompre ma foi.
Vous proposez un prix trop indigne de moi.
J'ai de l'Ambition, & j'adore Euridice:
Mais je déteste un bien fondé sur l'injustice;
Et je sçais que les Dieux, Protecteurs des Héros,
Punissent, tôt ou tard, les perfides complots.

LYSIMACHUS.

Ces scrupuleux devoirs, dont le remord vous blesse,
Souvent couvrent, d'un cœur, l'orgueilleuse foiblesse;
Et quand, dans la carriere, il n'ose s'engager,
Toujours il craint les Dieux bien moins que le danger.

Banniſſez ces frayeurs ; & ceſſez de prétendre
Que le Ciel s'intéreſſe à vanger Alexandre.
Un Prince qui, rempli de projets odieux,
Dédaignant les Mortels, veut s'égaler aux Dieux,
Souleve contre lui, pour hâter ſon naufrage,
Les Mortels qu'il mépriſe, & les Dieux qu'il outrage.
Tel étoit Alexandre ; il n'eſt plus : & ſes Fils,
Par le courroux du Ciel, avec lui, ſont proſcrits.

PERDICCAS.

Si le Ciel a proſcrit les Enfans d'Alexandre,
Contre lui, s'il le faut, nous devons les défendre.
Et dûſſions-nous enfin, combattre ſon courroux,
Faiſons notre devoir ; c'eſt ce qu'il veut de nous.
Sur les Enfans des Rois, jamais un bras perfide,
Ne léve impunément un glaive parricide :
Et quand, par le Ciel même, un Prince infortuné
Aux fureurs des Mortels ſe trouve abandonné,
On voit briller le feu qu'en leurs mains il allume ;
Mais la foudre, en partant, eux-mêmes les conſume.

LYSIMACHUS.

Ah ! de grace, tranchons d'inutiles diſcours :
C'eſt trop, à votre honte, en prolonger le cours.
Nous avons condamné les deux Fils d'Alexandre.
Choiſiſſez le parti qu'il vous convient de prendre.
Deux chemins ſeulement ſont ouverts devant vous.
Perdez-vous avec eux ; ou régnez avec nous.

PERDICCAS.

Je ſçais qu'en m'oppoſant à votre barbarie,
Je vais, contre moi-même, armer votre furie.

Je sçais que dans ces Murs vous avez tout pouvoir:
Mais, en vain, vous croyez ébranler mon devoir.
La crainte du péril ne rend point légitime
Ce qui, loin du danger, nous paroissoit un crime.
L'honneur n'a qu'un vrai point; & ferme sous ses Loix,
Un grand cœur veut toujours ce qu'il veut une fois.
Mon choix est fait. Je sors: & cours apprendre aux traîtres
Qu'un fidéle sujet ose tout pour ses Maîtres;
Et que dans le péril, prompt à les secourir,
S'il ne peut les sauver, du moins il sçait mourir.

SCENE V.

LYSIMACHUS *seul.*

VA, je redoute peu cette vaine menace;
Et bien-tôt l'on va mettre un frein à ton audace.
Mes ordres sont donnés pour s'assurer de toi.
Que ton sang répandu!.... Malheureux! est-ce à moi
De poursuivre un Héros, dont le zéle intrépide
Veut m'arracher des mains un glaive parricide.
Quoi? je puis immoler un Prince vertüeux,
Pour qui toujours mon cœur, malgré moi, fait des vœux?
Quand je songe au moment qui doit trancher sa vie,
Tout mon sang révolté contre moi se récrie.

SCENE VI.

LYSIMACHUS, CASSANDER.

CASSANDER.

HE! bien, de Perdiccas, qu'avez-vous obtenu?
Par quelques vains remords feroit-il retenu,
Seigneur? Et la Couronne a-t'elle peu de charmes
Pour engager ce cœur trop plein de ces allarmes?

LYSIMACHUS.

En vain, pour le gagner, j'ai long-tems combattu.
Par des Liens trop forts il tient à la Vertu;
Rien ne peut l'ébranler: son devoir seul le guide;
Et le danger, en lui, trouve une ame intrépide.
Sçachant que de Philippe on menace les jours,
Au péril de sa vie, il vole à son secours.
Loin de le condamner, Seigneur, daignez m'en croire;
Imitons son exemple; il nous méne à la gloire.
S'il est beau de régner, il est plus glorieux
De rétablir un Prince au rang de ses Ayeux.
N'allons point, écoutant des fureurs criminelles,
Dans le sang de nos Rois tremper nos mains cruelles;
Et laisser après nous à la Postérité,
Un exemple d'audace & d'infidélité.

CASSANDER.

Seigneur, s'il faut ici vous dire ma pensée,
Pour quitter l'entreprise, elle est trop avancée.
Philippe, quelque jour, sçaura de Perdiccas
Que nous avions, tous deux, résolû son trépas;

Et si sa main fatale au Sceptre peut atteindre,
De son ressentiment, nous avons tout à craindre.
Croyez-moi ; prévenons ce moment redouté ;
Sacrifions ce Prince à notre sureté.
La crainte & les remords sont d'une ame commune
Que touche foiblement le soin de la fortune.
Mais un cœur bien épris du desir de régner,
Pour monter à ce rang, ne doit rien épargner.
Les plus grandes fureurs deviennent légitimes.
Le Trône est un Autel : il lui faut des Victimes :
La gloire les immole ; &, le Fer à la main,
Y verse chaque jour des flots de sang humain.

LYSIMACHUS.

Et qui peut, à ce prix, aimer une Couronne ?
Ignorez-vous les noms qu'à ces forfaits l'on donne ?
L'Univers, quelque jour, peut-il les oublier ?

CASSANDER.

Couronner ses forfaits, c'est les justifier.
Dès qu'ils sont sous la Pourpre, on les trouve excusables ;
Et le Peuple, en ses Rois, ne voit point de coupables.

LYSIMACHUS.

Mais quand ils ne sont plus, du fonds de leur tombeau
L'affreuse vérité fait sortir son flambeau,
Et montre, à l'Univers, leurs vertus & leurs crimes.
Voilà ce qui défend d'innocentes Victimes.
Que nous a fait enfin ce sang infortuné,
Par notre ambition, à périr, condamné ?

CASSANDER.

Et que nous avoient fait tant de Rois, qu'Alexandre
Du Trône, dans les fers, par nos mains fit descendte?
Avions-nous jamais vû leurs Bataillons Epars,
Dans les champs de la Grèce, assiéger nos Remparts?
Sur leurs propres Foyers, leur valeur endormie,
Ignoroit jusqu'au nom d'une Terre ennemie.
Alexandre, brûlé d'une fatale ardeur,
Vit que ces Rois faisoient obstacle à sa grandeur:
Il alla les chercher jusqu'au bout de la Terre;
Il les fit succomber, sous l'effort de la guerre;
Et dans tous les Climats, du Destin secondé,
Il établit son droit, sur le glaive fondé.

LYSIMACHUS.

Oui, ce Héros partout fit voler la victoire;
Mais dans tous ses projets il consulta la Gloire.
Il attaqua des Rois, sur leur Trône affermis,
Qui lui devenoient chers, dès qu'ils étoient soûmis.
Contre eux, ce fier Vainqueur, marchant à force ouverte,
Par la fraude jamais ne médita leur perte.
Et si vous en doutez, souvenez-vous au moins
Quel prix reçût Bessus de ses perfides soins.

CASSANDER.

Eh bien, puisque votre ame, incertaine & tremblante,
Se refuse, au dessein qui flattoit notre attente,
Faisons régner Philippe : allons mettre en sa main
Le Fer, quil doit bien-tôt plonger dans notre sein.
Ou si la vie encor a pour vous quelques charmes,
Bannissez, loin de vous, ces funestes allarmes.

Vous balanciez tantôt : mes conſeils ont tant fait
Que, par vous, Perdiccas ſçait tout notre projet.
Il faut donc le pourſuivre ; on ne peut plus le taire ;
Et devenu public, il devient néceſſaire.

SCENE VII.

LYSIMACHUS, CASSANDER, UN GARDE.

LE GARDE.

SEIGNEUR, j'accours ici, rempli d'un juſte effroi.
Je ne ſçai que penſer de tout ce que je voi.
Perdiccas, par des ſoins, qu'on ignore peut-être,
Change l'ordre du Camp, & va s'en rendre maître.

CASSANDER.

Eh bien, vous l'entendez ! tant de témérité....

LYSIMACHUS.

Dans quel piége, cruel, m'avez-vous arrêté !
Mais courons prévenir une injuſte diſgrace,
Et repouſſons du moins le coup qui nous menace.

Fin du quatriéme Acte.

ACTE CINQUIEME.

SCENE I.

EURIDICE, SE'LINE.

SE'LINE.

OUi, le Prince viendra; bien-tôt vous l'allez voir:
Votre cœur, ſur le ſien, réglera ſon eſpoir,
Madame: mais ſi j'oſe en croire un noir augure,
Tout doit vous allarmer; & rien ne vous raſſure.
Ne perdez point de tems. Volez à ſon ſecours:
Je crains qu'en ce moment l'on n'attente à ſes jours.
Philippe eſt obſervé par une Garde auſtére,
Qu'attache, ſur ſes pas, l'ordre de votre Pere.
Le Peuple eſt conſterné; le Soldat, éperdu.
On dit même (& ce bruit n'eſt que trop répandu)
Qu'Arſinoé, du Prince appuyant l'innocence,
Engage tout le Camp à prendre ſa défenſe.

EURIDICE.

Ah! Séline, ſans doute on a juré ſa mort:
Il faudra qu'il ſuccombe aux rigueurs de ſon ſort.
Malheureuſe! & c'eſt moi, dont la jalouſe rage
Souléve contre lui ce dangereux orage;
C'eſt moi, qui de mon Pere aigriſſant le courroux,
Ai verſé dans ſon ſein tous mes tranſports jaloux!

Hélas ! devois-je en croire une ardeur insensée !
Toi-même, que n'as-tu combattu ma pensée,
Quand, prête d'accuser mon funeste vainqueur,
Je me plaignois à toi qu'il m'eut ravi son coeur !

SE'LINE.

Quel injuste reproche ! oubliez-vous, Madame,
Tout ce que j'ai tenté pour rassurer votre ame ?

EURIDICE.

Pardonne ce reproche au trouble où tu me vois.
Séline, il m'en souvient, j'ai négligé ta voix.
Mon violent dépit m'a seul déterminée ;
Et je suis, de ses maux, la cause infortunée ;
C'est là mon désespoir. Philippe va venir.
De quel front le pourrai-je encor entretenir ?
De ses chagrins tantôt me faisant un mystère,
Il m'avoit dit surtout que je devois les taire.
Il devoit, à ce prix, connoître mon amour.
Hélas ! s'il m'aime encor, quel funeste retour.....
Je le vois : ses malheurs redoublent ma tendresse.
Cachons lui, s'il se peut, mon trouble & ma foiblesse.

SCENE II.

AGATOCLE, EURIDICE, SE'LINE.

EURIDICE.

ENfin vous vous rendez à mon empressement
Prince, si j'ai voulu vous parler un moment,
Ce nest point pour vous faire un odieux reproche.
Vous pouvez, sans trembler, soûtenir mon approche.

Je ne parlerai point d'un Hymen arrêté,
Proposé par vous-même, & par vous rejetté.
Nos cœurs ne furent point destinés l'un pour l'autre.
Je veux bien immoler tout mon bonheur au vôtre.
D'un Hymen qui vous gêne, il faut rompre les noeuds;
Et j'aime mieux vous voir ingrat que malheureux.
Mais un soin plus pressant m'inquiéte & me gêne.
Vos refus, de mon Pere, ont attiré la haine;
Et moi-même, Seigneur, aigrissant son courroux,
J'ai versé dans son sein tous mes transports jaloux.

AGATOCLE.

Quoi? vous-même, Madame?.....

EURIDICE.

Oui, ma jalouse rage
Soûléve contre vous ce dangereux orage.
Je veux tout réparer: que ne puis-je, grands Dieux!
Moi-même vous placer au rang de vos Ayeux?
Dûssai-je aussi-tôt fuir sur la rive infernale
Pour ne point voir régner avec vous ma Rivale!

AGATOCLE.

Ah! Madame, sortez d'une funeste erreur,
Vous n'avez jamais eû de Rivale en mon cœur.
Ne me reprochez point la fraude ou l'inconstance.
Vos yeux n'avoient sur moi que trop pris de puissance.
Mais, hélas! d'un Hymen qui nous parût si doux,
Désormais, la pensée, est un crime pour nous.
Madame, je ne puis plus long-tems vous le taire.
N'approfondissez point un dangereux mystère.

EURIDICE.

De tout ce que j'entends, que dois-je présumer ?
Quel trouble me saisit ?..... ah ! c'est trop m'allarmer.
Rompez, Prince, rompez un silence barbare ;
Qu'un secret si funeste, à mes yeux, se déclare ;
Tirez-moi, par pitié, d'une fatale erreur.
Faut-il par des sermens rassurer votre cœur ?.....

AGATOCLE.

A sçavoir mon secret votre ame en vain s'attache,
Tel est l'ordre des Dieux ; il faut que je le cache.
Vous ne concevez pas l'horreur de mon Destin.
Ce mystère connu ; mon sort est à sa fin.

EURIDICE.

Et si vous persistez dans ce cruel silence,
Des maux que je ressens, l'extrême violence
N'éteindra-t'elle pas le flambeau de mes jours ?
Rien ne peut désormais en prolonger le cours.
L'affreuse jalousie en secret me consume ;
Et votre barbarie en aigrit l'amertume.
Eh bien ! à l'irriter demeurez obstiné ;
Mais ce Fer va finir mon sort infortuné.

AGATOCLE.

Quoi ! vous pourriez, Princesse ?...ah ! c'est trop me contraindre
Enfin l'heure est venuë où je ne puis plus feindre.
Un intérêt si cher, m'arrache mon secret.
Peut-être est-ce le Ciel qui remplit son Decret.
J'ai ressenti pour vous la plus vive tendresse.
J'allois vous épouser : vous aviez ma promesse.

Tout sembloit conspirer à couronner mes voeux :
Hélas ! qui l'eût prévû ? prêt de former ces noeuds,
J'apprens, d'Arsinoé, que je suis votre Frere.

EURIDICE.

Vous, mon Frere ! Grands Dieux ! pourquoi donc me le taire?

AGATOCLE.

Un Oracle cruel a parlé sur mon sort.
Ce secret sçû d'un Pere entraînera ma mort.

EURIDICE.

Eh ! pourquoi, nourrissant une erreur agréable,
L'amour alluma-t'il une ardeur si coupable ?
Ah, mon Frere !... à ce nom.... quel trouble dans mon cœur !....
Je me sens pénétrée & de joye & d'horreur.
Mon ame tout-à-coup interdite, tremblante,
Céde à regret un bien, dont ma flâme contente.....
Mais enfin ces regrets, & ce triste combat,
D'un feu prêt à mourir, sont le dernier éclat :
J'en triomphe ; & déja je sens que la nature,
Pour un Frere, en mon cœur, n'a plus de voix obscure :
Mais j'ai causé ses maux ; cruelle Destinée !
A de si grands malheurs, m'as-tu donc condamnée !
Quoi ? tu ne rends un Frere, à mon empressement,
Que pour me le ravir dans le même moment !
Par un avis secret je viens d'être informée
Qu'on s'est saisi des Chefs trop puissans dans l'Armée.
Je ne sçais quels complots on trame dans ces Lieux.
Mille objets de terrreur frappent partout mes yeux.
De vos meilleurs amis on arrête l'élite.
Hélas ! c'est votre mort peut-être qu'on médite.

AGATOCLE.

Ne craignez rien, ma Sœur : le brave Perdiccas
Fait, contre Cassander, avancer ses Soldats.
Pour défendre mes droits, je m'en vais les conduire ;
Je vais perir enfin, ou monter à l'Empire.
Les plus braves Guerriers volent à mon secours.
Vous, gardez un secret d'où dépendent mes jours.

SCENE III.

EURIDICE, SELINE.

EURIDICE.

HA ! je vois un moyen de braver la tempête.
Feignons qu'à m'épouser, sa main est toute prête.
Allons trouver mon Pere, en proye à son erreur ;
Disons-lui ce qu'il faut pour calmer sa fureur.
Ses Amis aussi-tôt verront briser leur chaîne ;
Lui-même il n'aura plus de Garde qui le gêne.
Alors, pour éviter de trop coupables nœuds,
Le Ciel me fournira quelque prétexte heureux.
Je feindrai, s'il le faut, qu'avant que d'y souscrire,
Je veux le voir, Séline, Arbitre de l'Empire.
Viens ; les Dieux appuiront de si justes desseins.
Mais malgré cet espoir, juste Ciel ! que je crains
Qu'à l'abri de ce Nom, si cher à Babilone,
Mon Frere encor ne puisse arriver jusqu'au Trône !
Hélas ! notre bonheur est souvent enchaîné
A quelque heureux instant, par le Ciel destiné ;
Et quand on a manqué ce moment favorable,
Le Ciel nous abandonne, & le sort nous accable.

Mais j'apperçois mon Pere. Il s'approche : grands Dieux !
Quelle aveugle fureur éclate dans ses yeux !

SCENE IV.

LYSIMACHUS, EURIDICE, SE'LINE.

LYSIMACHUS.

C'EN est fait ; il mourra. Fui, pitié criminelle !

EURIDICE.

Ah ! qui condamnez-vous ?

LYSIMACHUS.

Un traître, un infidele.
Je retire la main qui lui servoit d'appui ;
Et je viens d'ordonner qu'on s'assure de lui.
C'est sa rébellion qui, de son sort, décide.
Perdiccas, mais trop tard, s'armoit pour un perfide ;
Et déja Cassander a sçû le prévenir.
Plus d'obstacle : non, rien ne peut me retenir.
L'on ne vous aura pas vainement outragée :
Le traître va périr ; & vous serez vengée !

EURIDICE.

Qu'allez-vous faire ? hélas ! voyez couler mes pleurs ;
Mon Pere, prévenez le plus grand des malheurs.....
Le Prince me cherit : j'ai vû son innocence.
Tout doit vous engager à prendre sa défense.
Au nom des Dieux, quittez un projet criminel,
Et qui seroit suivi d'un remords éternel.

A ce cruel dessein, si vous l'osez poursuivre,
Votre Fille, Seigneur, ne pourra pas survivre.
Le coup, qui va, du Prince, ouvrir le triste flanc,
Fera, jusques sur vous, réjaillir votre sang.

LYSIMACHUS.

A vouloir l'excuser soyez moins empressée.
Rien ne peut me forcer à changer de pensée.
Je rougis en secret de voir que votre cœur,
Pour un ingrat, encor nourisse tant d'ardeur.
Etouffez cet amour; soyez digne, ma Fille,
Des honneurs, qu'aujourd'hui je mets dans ma Famille;
Et souffrez que ma main, prompte à les mériter,
Aille verser le sang qui doit les cimenter.

EURIDICE.

Non, je ne puis souffrir..... mais le cruel me laisse.
Je ne me connois plus..... je céde à ma foiblesse.....
Où suis-je? Ah! profitez d'un salutaire avis.....
Mon Pere..... vous allez..... immoler votre Fils.

LYSIMACHUS.

Lui, mon Fils! vaine erreur!

EURIDICE.

Oui, vous êtes son Pere:
Bien-tôt d'Arsinoé vous sçaurez ce mystère.

LYSIMACHUS.

Moi, son pere! Et comment puis-je encor en douter?
Mon cœur parle, & c'est lui que je dois écouter.
Que faisois-je? aveuglé par un conseil perfide,
Déja mon bras cruel voloit au Parricide;

Moi-même dans mon ſang je courrois me plonger ;
Et j'allois me punir, en voulant me vanger !
Que mon ame eſt émûe ! Ah ! mon Fils ! ah ! nature,
Que ne me parlois-tu d'une voix moins obſcure !
Mais courons déſarmer les mains des Conjurés.....
Malheureux ! qu'ai-je fait ?

SCENE V.

LYSIMACHUS, ARSINOE', EURIDICE, SE'LINE.

LYSIMACHUS *à Arſinoé.*

MADAME, vous pleurez !

ARSINOE'.

Oui, je pleure, cruel ! je frémis, je ſoupire.
Ma voix, à ce récit, ſur mes lévres expire.

EURIDICE.

O Dieux !

LYSIMACHUS.

Que dites-vous ? Quoi ! vous oſez penſer.....

ARSINOE'.

Barbare, c'eſt ton ſang que tu viens de verſer.

LYSIMACHUS.

Dieux !

ARSINOE'.

Le Ciel défendoit de le faire connoître,
Avant que l'Univers l'eût avoué pour Maître.
Je l'allois élever au deſtin le plus beau ;
Et c'eſt toi ſeul, cruel, qui le mets au tombeau.

LYSIMACHUS.

Pourquoi me le cacher? Ah ! s'il eſt ma victime,
Les Dieux, vous, mon erreur, vous avez fait le crime.
Mais ne négligeons point de précieux inſtans.
Courons à ſon ſecours, s'il en eſt encor tems.
Je vais, pour le ſauver......

ARSINOE'.

Ha ! j'y volois moi-même.
Je courois m'oppoſer à ta fureur extrême;
J'avois gagné les Chefs; tout le Camp avec moi
Accouroit, dans mon fils, reconnoître ſon Roi.
Déja, de Perdiccas, j'avois briſé les chaînes;
Mon cœur croyoit toucher à la fin de ſes peines;
Qu'ai-je trouvé, grands Dieux ! j'ai vû couler le ſang
Que moi-même j'avois animé dans mon flanc.
J'ai vû, d'un Fils ſi cher, la diſgrace terrible.....
Barbare ! on te l'améne..... à ce ſpectacle horrible
Je ſens que ma douleur..... Séline, ſoutiens-moi.

SCENE VI. *& derniere.*

LYSIMACHUS, AGATOCLE *ſoutenu par Perdiccas, & un Garde.*
ARSINOE', EURIDICE, SE'LINE.

EURIDICE.

Ah, mon Frere !

LYSIMACHUS.

Ah, mon Fils ! eſt-ce vous que je vois !

AGATOCLE.

C'est votre Fils, Seigneur, & c'est votre Victime.
Je ne viens point ici vous reprocher ce crime :
Je n'en veux accuser que mon cruel Destin ;
Et je vois que les Dieux l'ont conduit à leur fin.

LYSIMACHUS.

Hélas ! c'étoit, mon Fils, sur ma tendresse extrême
Que vous deviez fonder votre bonheur suprême,
Et non vous en fier à des Oracles vains
Par qui les Dieux cruels abusent les Humains.

AGATOCLE.

N'accusons point les Dieux d'un indigne artifice ;
Et jusqu'en leur courroux, adorons leur justice.
C'est notre aveuglement, non les avis des Dieux,
Qui trompent les esprits des Mortels curieux.
Mais, à mes derniers voeux, montrez-vous favorable.
Cherissez à jamais un Héros respectable,
Vertueux, intrépide, & trop digne, Seigneur,
D'obtenir votre estime, & la main de ma Soeur.
Si, trop tard arrivé, son généreux courage,
De Cassander, sur moi, n'a pû parer la rage
Où m'a livré le Fer qui se brise en ma main,
Il vient de me vanger, en lui perçant le sein.
Ma Soeur, de cet Ami, couronnez la tendresse ;
Souffrez qu'en ce moment un Frere vous en presse :
C'est la grace, où pour lui, j'ose encor aspirer.
Qu'on m'emporte..... je sens que je vais expirer.

LYSIMACHUS.

Ciel barbare, à mes coups ta cruauté le livre !
Mais je sens qu'à sa mort je ne pourrai survivre.

Fin du cinquiéme & dernier Acte.

www.ingramcontent.com/pod-product-compliance
Ingram Content Group UK Ltd.
Pitfield, Milton Keynes, MK11 3LW, UK
UKHW021632260726
13994UKWH00003B/1172

9 782329 15748